THINKING
ABOUT
THINKING

나는 생각한다 고로 과하게 생각한다

그랜트 스나이더 지음   홍한결 옮김

윌북

생각하는 힘을 키워준 모든 스승과 벗, 그리고 가족에게 이 책을 드립니다.
그중에서도 특히 게일라에게.

나는 생각한다 고로 나는…

과하게 생각한다.

느낀다.

갈구한다.

불가능한 것을 상상한다.

창조한다.

잠을 못 이룬다.

꿈꾼다.

존재한다.

(르네 마그리트의 작품에서 아이디어를 얻음)

나는 생각한다 고로
나는 과하게 생각한다

생각이 과하게 만들은 사람의 알파벳

Anxiety 불안

Boredom 지루함

Doubt 의심

Ennui 권태

Fatigue 피로

Curiosity 호기심

Guesswork 추측

Happiness 행복

InSomnia 불면

Juggling 곡예

Knowledge 지식

Loss 상실

Memory 추억

Nothingness 공허

Obsession 집착

Paralysis 마비

Questioning 의문

Rumination 곱씹기

Second-Guessing
되짚기

Thoughtlessness
무심함

Uncertainty
불확실

Void 허무

Why? 왜?

Existentialism
존재란 무엇인가

Yelling 외침

Zzz? 잠?

기 다 림

묵묵히 기다렸다.

내가 꿈꾸는 삶이 찾아오기를.

시간표를 확인하고 또 확인하며

시계만 하염없이 바라보지만

아무리 기다려도 오지 않는다.

계속 기다려야 할까?

아니면 불확실한 빛 속으로 발을 내딛고

진짜 삶을 살아볼까.

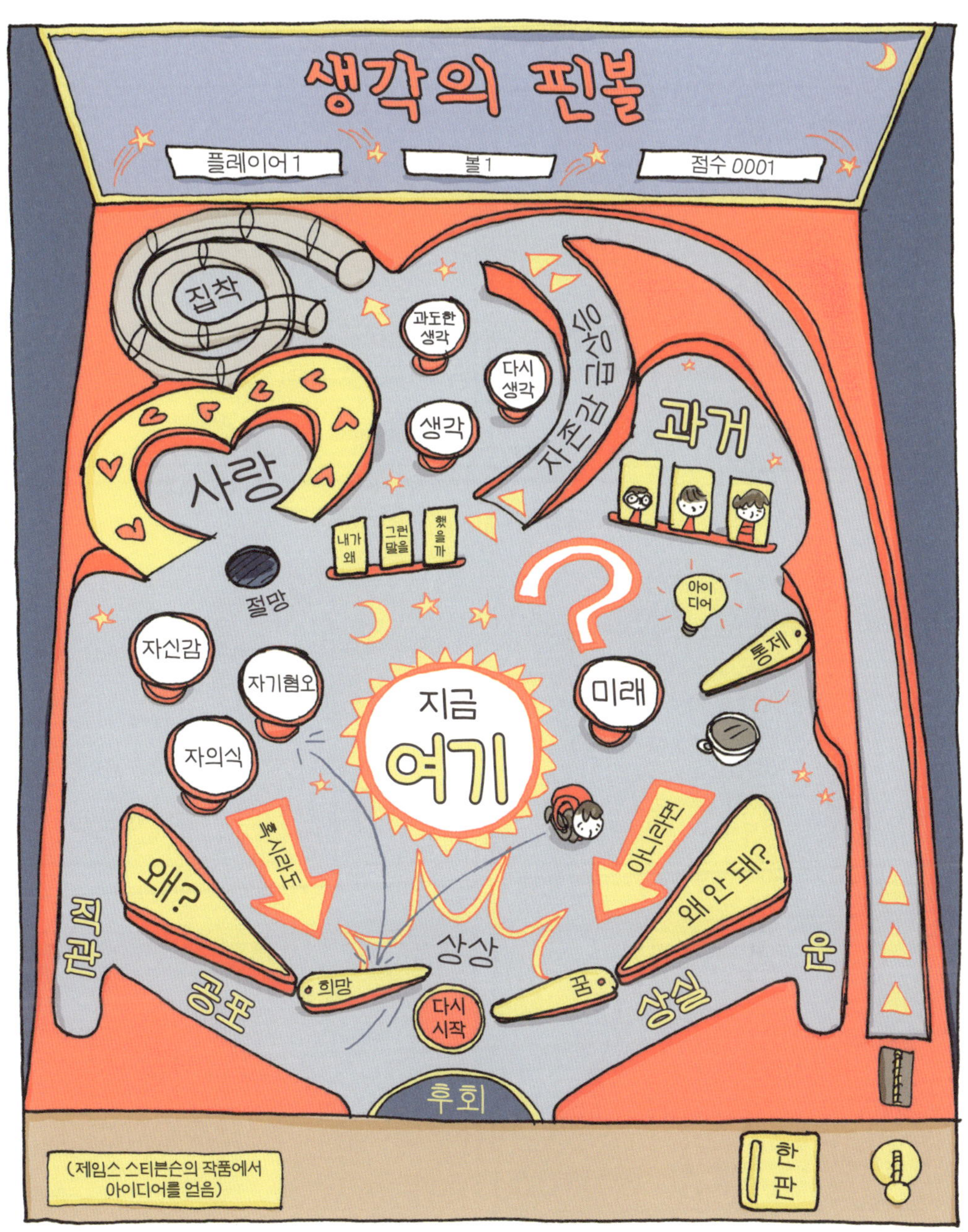

생각의 핀볼
플레이어 1
볼 1
점수 0001
집착
과도한 생각
다시 생각
생각
떠오르는 생각
과거
사랑
내가 왜
그런 말을
했을까
아이디어
절망
통제
자신감
자기혐오
미래
자의식
지금 여기
?
애드리브
무시라도
상상
왜?
왜 안 돼?
직관
공포
희망
다시 시작
꿈
상실
운
후회
(제임스 스티븐슨의 작품에서 아이디어를 얻음)
한 판

시간에 관하여

내 시간은 자꾸 쪼개진다.
그래도 다 끼워 넣긴 무리다.
단순하게 나눠봐도
낭비되는 덩어리만 커진다.
시간을 어디서 더 구해야 할까?
평행 세계 같은 데서?

시간은
잘 굴리기도 어렵고

벗어나기도
쉽지 않다.

시시각각 쫓기는 기분이다.

하지만 한 가지에
몰입할 때면

시간은 무한히 늘어난다.
그럴 때 나는 느낀다.

시간의 충만함을.

생각의 지도

내 생각은
일직선으로 움직이고
A
B
원을 그리며
맴돌고
끝없이 안으로 파고든다.
복잡한 패턴을
만들고
파도처럼 일렁이고
프랙털처럼
뻗어나간다.
점점 다면성을 띠고
무질서하게
흩어지지만
내가 연결해
의미를 만든다.

생각에서 벗어나기

갈림길

이제 어디로 가야 할지 모르겠다.
생각해봐도 답이 나오지 않으니
위로 올라가서
멀리 내다본다.
남들 가는 길을 따라 갈까?
이미 늦었다.
바람 부는 대로 가볼까?
그것도 아닌 것 같고.
혹시 꿈속에서 방향이 보일지도.
아니면 빙글빙글 땅으로 내려와…
아무 데나 발길 닿는 곳으로 가볼까.

분열

서로 다른
두 생각이

머릿속에
있을 때면

둘을 하나로

합칠 수
없어.

갈라진
마음은

오래 버티지
못해.

마음
한편으로는

그만 싸우고
싶어.

그래도
혹시…

알맞은
연장만
있다면

그대로 뛰어들어

내면의 타협에 몸을 맡길 수도.

생각에 빠져들다

생각에
빠져들긴
쉽지만

빠져나오긴 어렵다.

생각을 비울 필요가 있다.

아는 건
띄엄띄엄하고

정신은 어지럽고

개념은
서로 겹친다.

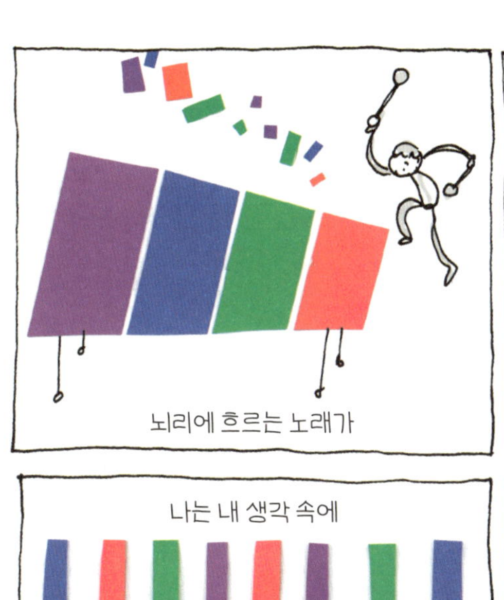
뇌리에 흐르는 노래가

멈추질 않는다.

나는 내 생각 속에

갇혀버린 걸까?

아니면
생각의 생각
속에서 벗어나

느끼기 시작할 수 있을까.

나는 생각한다 고로
나는 느낀다

복잡한 감정

복잡한 감정이 하나 있다.

어디에 둬야 할지 모르겠다.

다른 감정과도 잘 맞지 않는다.

다음 수를 두는 데 방해만 된다.

어떤 퍼즐을 푸는 데는
도움이 될지도.

길들일 수 있으려나?

어딘가에는 분명
쓸모가 있을 텐데.

언젠가 유행할까?

늘 갖고 다니기도 지겹다.

그냥 내 복잡한 것들 사이에 살짝 끼워 넣기로.

영구 감정 기관

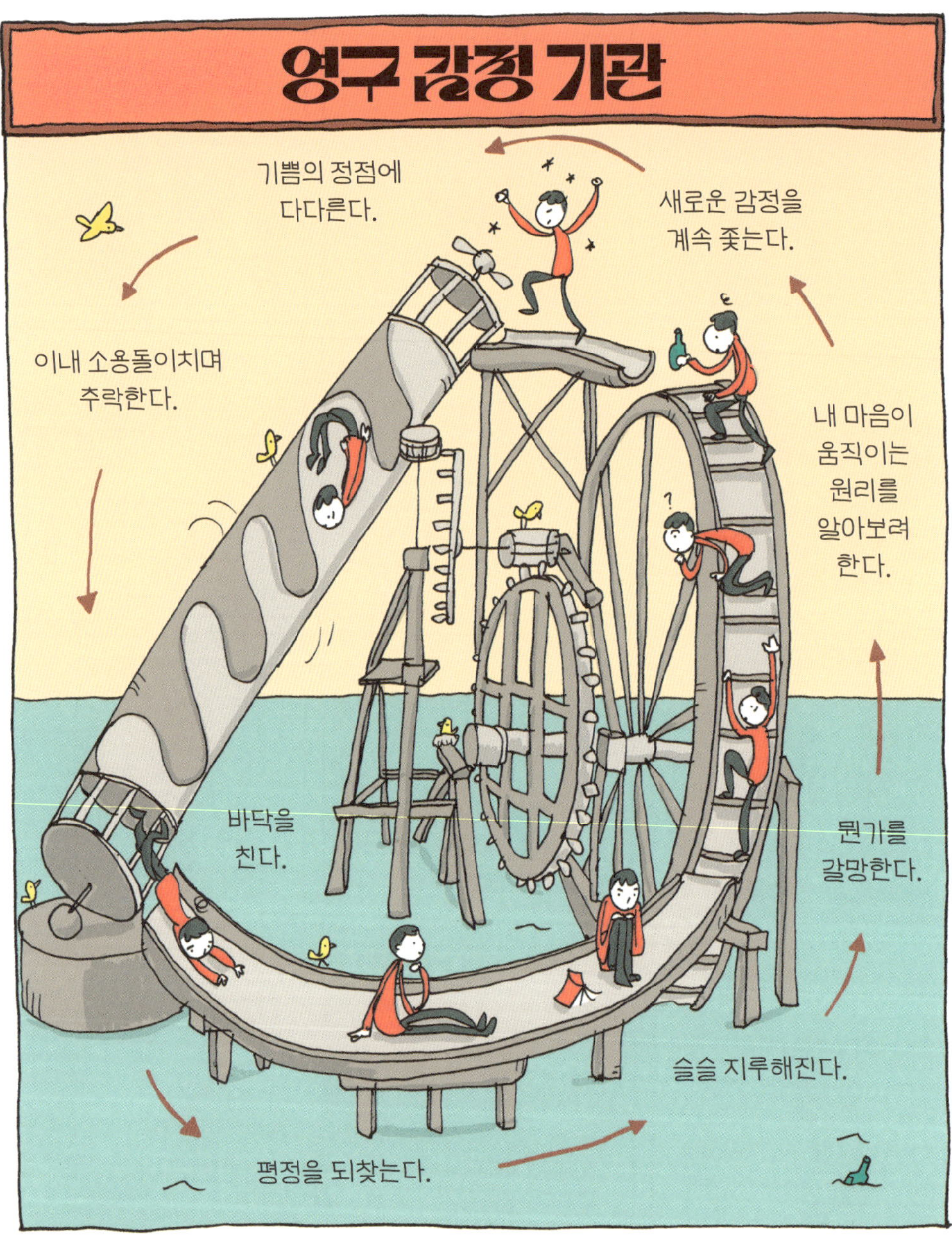

기쁨의 정점에 다다른다.
새로운 감정을 계속 좇는다.
이내 소용돌이치며 추락한다.
내 마음이 움직이는 원리를 알아보려 한다.
바닥을 친다.
뭔가를 갈망한다.
슬슬 지루해진다.
평정을 되찾는다.

정체성의 집

나는 누구인가?
그랜트 스나이더
이름이 다는 아니다.
나는 내가 만든 작품과
$5
내가 저지른 실수의 모음.
나는 안정적인
사람이지만
발밑은 자꾸
휘청거린다.
늘 마음을 열어둔다.
다시 고쳐 지을 수 있도록.

희열을 좇아서

계속 즐겁게 살기란
쉽지 않다.

이번엔 무엇이 내 즐거움을 앗아가려나?

불편한 감정도 품고 살 수 있다면

더 벅찬 희열이 쏟아질 거야.

할 일 목록

샤워하기
아침 먹기
설거지하기
삶을 관조하기
양치하기
이메일 쓰기
장 보기
무의식의 신비 탐구하기
잔디 깎기
잡초 뽑기
물 주기
자연에 감탄하기
요리하기
또 설거지하기
책 읽기
일상 속 아름다움 음미하기

이날 하루는
일부러 비워두었습니다

오늘을 착즙하라

그런데 너무 지쳐서
정작 결실을 맛보지 못하면?
목표를 이루고도 마음이 공허하면?
내일이 오면
삶을 쥐어짤 게 아니라
그저 한 조각 음미하리라.

정리정돈

나는 무슨 일을 하든

세상을 조금이라도 더

아름답게 가꾸려고 한다.

의미 있는 행동이라고 믿으며.

하지만 혹시…
혼자만의 착각은 아닐까?

벽

내 주위로

벽을 쌓아

좋은 건 지키고

나쁜 건 막으려 했다.

안에 있으면
안전하다.

그런데 오히려
나쁜 걸 가두고…

좋은 걸 막고 있는 게
아닐까?

벽이 무너지기만
기다릴 게 아니라

다치더라도 나서보자.

고요를 찾아서

고요를 갈망할수록

고요는 멀어져간다.

심지어 내 머릿속도

조용할 틈이 없다.

높은 곳에 올라가면

오히려 더 시끄럽다.

완벽히 숨어들려 해도

벗어날 수는 없다.

세상을 등지고 살아도

소음은 끝내 찾아온다.

하지만 잠시 고요를
맛볼 때면

존재의 섬세한 결을
느낀다.

행복
오픈 예정
모퉁이만 돌면
있을 거야.
멜로디 이사 ♪
모퉁이만 돌면
있을 거야.
여행사
꽃집
모퉁이만 돌면
있을 거야.
어쩌면…
모퉁이가 없는 곳에
있을지도.

무기력의
집

아무것도 하고 싶지 않아.

한숨 자자니 정신이 말짱하고.

책을 읽자니 피곤하고.

시야는 흐릿하고.

머릿속은 빛바랜 벽지야.

천장이 곧 내려앉겠어.

이대로는 안 돼.

지금의 나를 뒤집을 방법을
찾아야 해.

다리

그 누구도 섬은
아니라지만

가끔은 정말 섬처럼
느껴진다.

남들과 이어져보려고

깊은 속생각을 둥실 띄우지만

아무래도…

혼잣말일 뿐일까?

폭풍이라도 몰려오면

고스란히
휩쓸리고 만다.

뗏목이라도 지어서

홀로 떠나야 할까?

아니,
사실 모든 섬은
서로 이어지길
갈망하는지도.

원으로
살아가기
완벽한 원이
되고 싶다.
매끈하고 모난
구석 없이.
무슨 일이 닥쳐도
굴러갈 수 있게.
하지만 밤이 깊어지면
압박감에 짓눌린다.
으스러질 만큼 버겁게.
그래도 다시 일어난다.
결점을 마주하는 대신
훌쩍
건너뛰려고
애쓴다.
그러다…
바닥으로
가라앉는다.
세상에 혼자
남겨진 듯하다.
서서히 밀물이
빠지면서 깨닫는다.
우리는 모두
불완전한 원이라는 걸.

삼각형으로 살아가기
너무 안정적인 게 지겹다.
언제나 제자리에 있고
항상 명확하다.
굳이 애써…
각도를 바꿔본다.
어딘가 둔해진 기분이고
어떻게 해도 똑바로 되질 않는다.
그래서 몸을 낮추고
사라지려 한다.
그러다 날아올라
새로운 곳에 이른다.
홀로 중심을 잡지 못한다.
그렇게 약해진 덕분에
완벽하게 어우러진다.

사각형으로
살아가기
그대로 멈춰선 채
변화를 거부하고
꿈쩍하지 않는다.
그러던 어느 날…
모서리를 돌리더니
움직이기 시작한다.
점점 대담해지고
관점을 바꾸고
상상도 하지 못한
차원을
새로 발견한다.
변화는 버겁다.
그래도 몸을
일으켜 세우고
마침내 깨닫는다.
나는 다이아몬드
라는 걸.

감정 테트리스

나는 감정을
차곡차곡
정리한다.

낯선 감정이
찾아오면…

어떻게 다뤄야 할지
알지만

한꺼번에
우르르
쏟아지면…

뭐가 뭔지
도통 알 수가
없다.

나는 생각한다 고로
나는 갈구한다

등산

외줄타기

두려움을 진정 극복하려면

정면으로 마주해야 한다.

안전망도 없이

통제하려는 욕심도 내려놓고

한 걸음 한 걸음 마음속 의심을 버텨내며

걷다 보면 마침내 다다른다.

작지만 소중한 나만의 승리에.

더 높은 뜻

지금 상태에 만족하긴 쉽지 않다.
나는 더 높은 뜻을 찾아 헤맨다.
깨닫지 못했던 숨은 의미를.
좀 더 과감해질 기회를.
드넓고 반짝이는 통찰을.
완전한 균형의 순간을.
높이 오를수록 더욱 또렷해지는 건
우주 속 나의 보잘것없음.

좌절의 질주

（웨인 티보의 작품에서 아이디어를 얻음）

노력

아무리 애써도
마음먹은 대로 다 해내지 못한다.
거창한 포부는
도랑에 처박히고 만다.
그때마다 궁금해진다.
힘을 너무 준 걸까?
어쩌다 성공해도…
영 불편한 신발을 신은 기분이다.
이제는 생각을 바꿔야 할지도.
어깨에 힘을 빼고
나를 표현해볼까.

이상주의

높디높은 이상들이

문득 시시해 보일 때

초심으로
돌아가보지만

그마저도 흔들거린다.

이상은
동떨어져 있다.

벗어날 수 없는
덫처럼 나를
구속한다.

나 자신의
우스꽝스러움을
인정해야

비로소 세상이
있는 그대로
보인다.

맨발

무모한지 몰라도
맨발로
세상 속을 걷는다.
꽃만 보고 벌은 보지 않으며.
가만히 구름을 올려다보고
눈을 감고
바람을 느낀다.
살며시
내딛고
주저 없이 나아가며
늘 믿는다.
내 발이 나를
어디로 이끌든
가볼 만한 곳일
거라고.

헛된 시도

요즘은 안간힘을 다해도
바다로 겨우 물수제비나
날리는 기분이다.

꿈과 현실 사이엔
광활한 간극이 놓여 있다.
퐁

그래도 계속 시도해본다.

정말 제대로만 던지면

건너편에 닿을 수도 있을 테니.

성공

모든 성공은

마치 남 일처럼 느껴진다.

모든 실패는

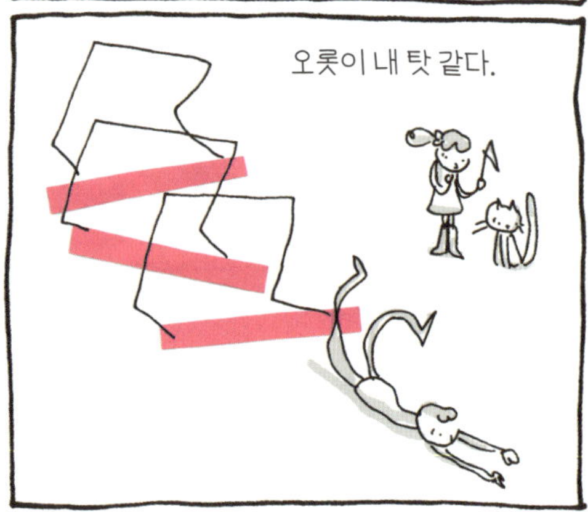
오롯이 내 탓 같다.

이루어낸 것에 기뻐하고 싶지만

오히려 그 안에 갇힌 기분.

언젠가는 정말로
성공했다고 느낄까?

영영 아닐지도.

그래,
성공의 짜릿함은
잊자.

그저 앞으로 나아가는 걸로 만족하자.

시시포스의 휴식

시시포스의 휴식

무성한 잡초 사이로

지루함의 구덩이를 발견한다.

그곳에서 할 일이라고는…

풀이 자라는 시간을
지켜보는 것뿐.

가장자리를 맴돌아본다.

친구라고는…
야호!

오직 내 머릿속뿐.
야호!

그러다 지루함을 못 이겨
한번 몸을 내맡기면…

그 안에 깊은
몰입의 우물이.

수선의 명수
내 망치야.
난 이 망치로 뭐든 고치지.
그런데 잘 안될 때도 있어.
필요한 건 아마도…
더 큰 망치!
언젠간 제대로 다룰 수 있겠지.
일단 무슨 문제든…
망치에 맞게 키우면 돼.
내가 도와줄까?

꿈을 좇는 사람

꿈을 좇다 가장 힘든 순간은

결과가 신통치 않을 때.

그나마 잡은 게 있어서

다행이라고 생각하면서

희망만은 놓지 않는다.

새로운 방법을
계속 시도하다 보면…

언젠간 꿈을 붙잡을 수 있겠지.

장애물

소원 빌기

내가 봐도 우습지만

꿈을 포기할 수 없어.

철없는 짓일지도 몰라.

헛수고일지도 모르고.

바란다고 해서 되는 일은 아니겠지.

모두 각자의 꿈을 끝까지 포기하지 않는다면?

마냥 숨어서 기다리는 건 그만.

내 꿈에 모든 걸 걸겠어.

작아진 나

거울에 비친 내 모습이 지겨울 때면

스스로 짜놓은 틀에 질릴 때면

예전의 기쁨을
더는 느끼지 못할 때면

나는
뛰어든다.

그리고 차를 몰아 도시를 가로지른다.

(데이비드 호크니의 작품에서 아이디어를 얻음)

나는 생각한다 고로
나는 불가능한 것을
상상한다

착각

진짜처럼 보이지만 실은 착각인 것은?

내 사고의 근간 중 허상인 것은?

나라는 사람은 모순덩어리 같고

현실과 동떨어진 공간에 살고 있는 기분이다.

착각에서 겨우 벗어났다 싶으면…

또다시 역설 속의 하루가 시작된다.

매치 포인트

화기애애하던 대화가

점점 달아오르며

치열한 공방이 오간다.

그러다가 감정에
휘말리면…
이얍!

결국 아무 결론이
나지 않는다.

해체

(M.C. 에셔와 산드로 델 프레테의 작품에서 아이디어를 얻음)

다른 세계

내 눈에 보이지 않는 세계도 있을까?

얼마든지
있을 수
있겠지.

시각이란 너무
단순한 건지도 몰라.

사물이 또렷이 보이는 순간은

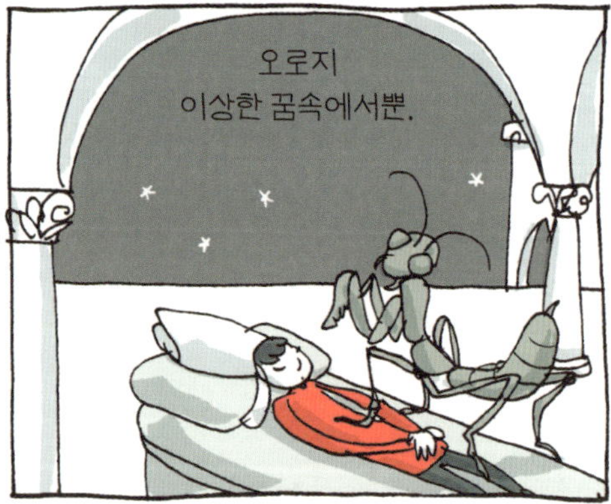

오로지
이상한 꿈속에서뿐.

(M.C. 에셔의 작품에서 아이디어를 얻음)

질문 던지기

어려운 질문을 던지다 보면
생각이 쉬워진다.
질문이 너무 뻔해 보일 때
오히려 내 무지가 드러난다.
존재에 관한 질문을 고민해야 할까?
그건 너무 진지한가?

아무리 간단한
질문도

막상 답하려면
쉽지 않다.

알 수 없는 무언가에
쫓길 때는

적절한 질문을 던지는 게

이해의 첫걸음이지.

버킷 리스트

① 얼음물 입수하기

② 악기 하나 마스터하기

③ 고전 명작 읽기

④ 마라톤 완주하기

⑤ 내 생각에 연연하지 않기

⑥ 재산 나눠 주기

⑦ 삶의 균형 이루기

⑧ 죽음에 맞서기

⑨ 나 자신을 편하게 받아들이기

시간은 흐른다

시간이 유한하다는 사실을 자주 잊는다.

만드는 동안에도 시간은 흘러간다.

노는 시간은 순식간에 지나간다.

주어진 시간은 이미 절반이 지나갔다.

하고 싶은 일은 너무 많은데

시간이 다 되면 어떻게 하나?

아직 늦지 않았을 거야.

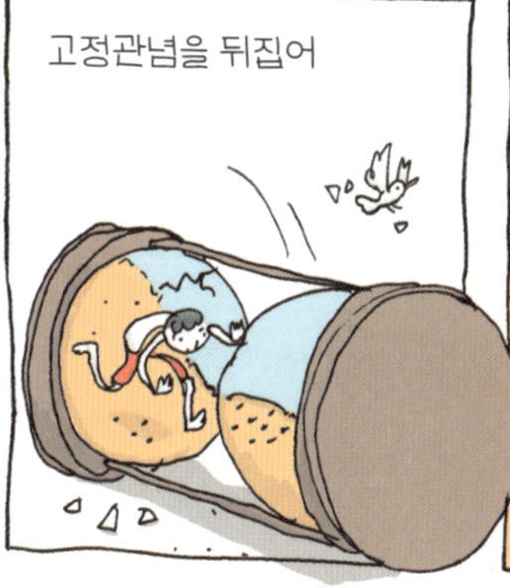

고정관념을 뒤집어

시간을 끝없이 만들어내자.

자유의지

자유롭다고 느끼지만 사실은
보이지 않는 줄에 매여 있는 걸까?
내 삶은 내가 태어나기도 전에
만약 줄을 끊고 벗어날 수 있다면…
이미 굴러가기 시작한 걸까?
과연 삶의 궤적이 바뀔까?
정해진 길을 따라갈 뿐일지라도
이 여정은 너무 덜컹거려.

현실

세상은 좀처럼

생각한 대로
움직이지 않는다.

분통을
터뜨려봐도…

당혹스러운 건
어쩔 수 없다.

그러다 기대를
놓으면…

비로소 세상은
열린다.

나는 생각한다 고로
나는 생각한다 고로
나는 생각한다 고로
나는 생각한다 고로

나는 생각한다 고로

나는 생각한다…

멍한 하루

멍한 정신으로 잠에서 깼다.
앞날은 뿌옇기만 하다.
소멸하기 직전이다.
의욕이 떨어지고
의지도 사라졌다.
주의력은
여기
저기로
흩어져
다시 일으켜 세워야 한다.
삶의 의미를.

73

인생의 선

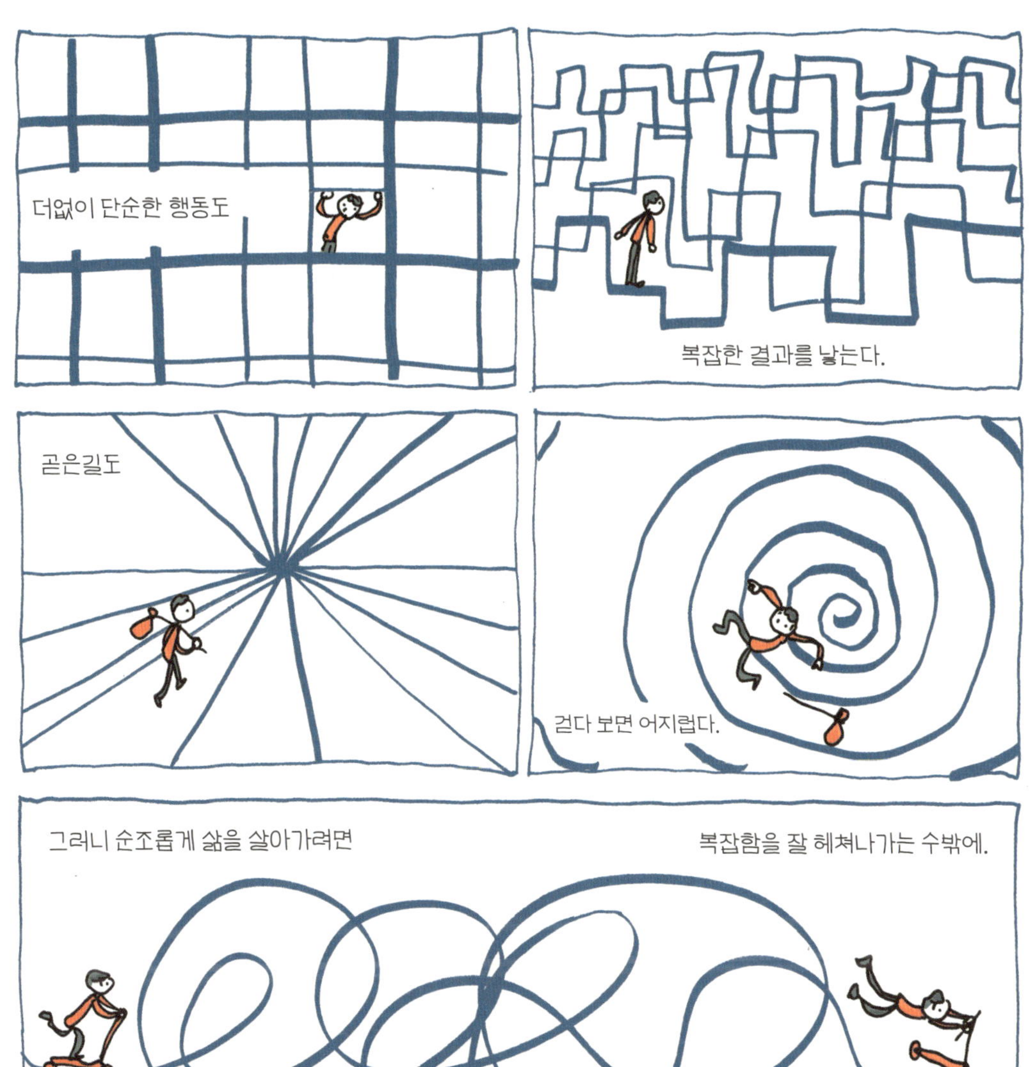

더없이 단순한 행동도
복잡한 결과를 낳는다.
곧은길도
걷다 보면 어지럽다.
그러니 순조롭게 삶을 살아가려면
복잡함을 잘 헤쳐나가는 수밖에.

싱크 탱크

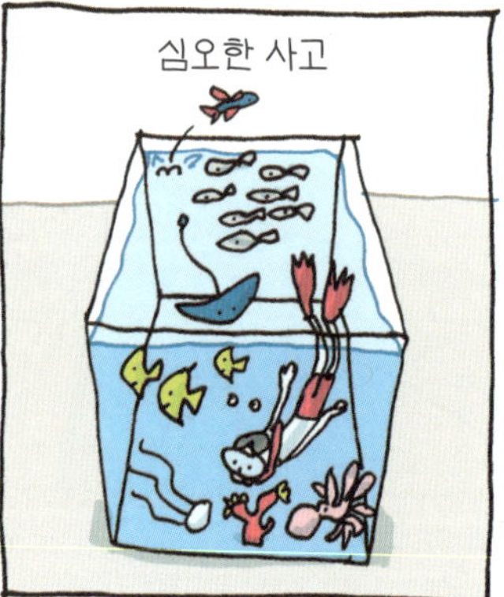

지루함
시간이
지나가는 걸
바라보는 느낌.
머릿속에
맴도는 소리가
점점 시끄러워져
견디기 힘들다.
하지만 오랫동안
가만히 있다 보면
신기한 일이
벌어진다.
지루함을 넘어서면
바깥세상과 내면세계가
하나로 합쳐진다.

완벽주의

내가 할 일은 오로지
이 자세로 계속 버티는 것뿐.
그럼 다 잘될 거야.
눈도 깜빡이지 않고
흔들리지도 않고
완벽하게 가만히 있는 거야.
그러다가 결국…
에취!
이젠 실패가 두렵지 않아.

잡초 뽑기

작은 것부터 시작해

점점 큰 것까지

내 모든 결점을 말끔히
뽑아냈다 싶으면…

오히려 더 억세게 되살아난다.

수도 더 많고

뿌리도 더 깊다.

고생만 하고 바보가 된 기분이다.

독한 방법을 써야 할까?

아니면 나를 통째로 받아들일까?

균형 잡기
모든 일 사이에
균형을 유지할
방법이
분명히 있을 거야.
그런데 난 왜 항상 뭔가를
소홀히 한다고 느낄까?
애를 써서
균형을 이루려 하지만
삶의 한 부분이
나머지 모든 걸
집어삼키려 들어.
퍼즐을 풀려고
굳이 애쓰지 않는다면
오히려 쉽게
풀릴지도.

자전거 타기

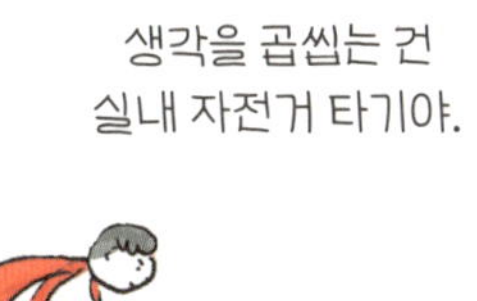

생각을 곱씹는 건
실내 자전거 타기야.

항상 제자리걸음이지.

그래도 계속하게 돼.

매달리면 매달릴수록

발이 묶이는 바람에

결국 팽개치고 말아.

내게 필요한 건

나 자신과

내 생각 사이에

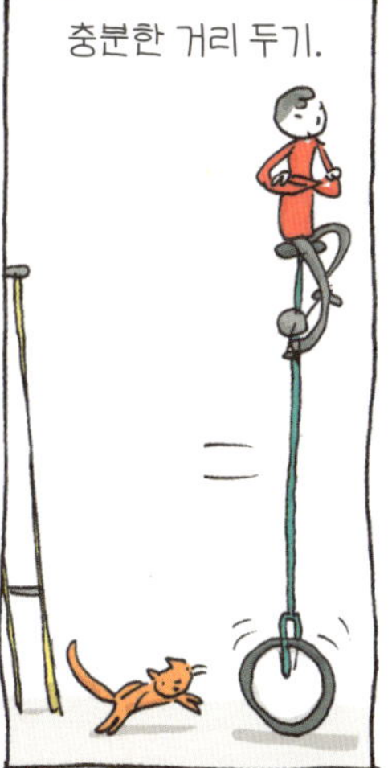

충분한 거리 두기.

고독

나랑 함께 가.

분명 세상 어딘가에서

홀로 있을 수 있을 기아,
둘이 함께.

나는 생각한다 고로
나는 창조한다

자의식

나를 똑바로 마주 보기가 두렵다.
비뚤어진 건 바로잡고 싶고
결점은 지우고 싶고
추상적인 감정은 외면하고 싶다.
내 성격을 감춰야 할까?
모조리 찢어버리고 다시 시작할까?
나 자신을 안다는 건 고통일 뿐일까?
아니면 남들에게 전부 터놓을까?

흐름에 몸을 싣고

내 의식의 흐름을
집중의 실로 엮고 싶다.
경직된 사고의 틀을 벗어나
아이디어 속으로 뛰어들어
생각의 꼬리를 물고
헤매다 길을 잃고
흐르는 뇌파에
온전히 잠기고 싶다.
마침내 완벽한 몰입에
이를 때까지.

영감

늘 여백을 남겨두려 한다.

새로운 생각이

곁에 자라날 수 있게.

그런데 무성히 자라고 나면

잡초에 가려

영감이 보이지 않으니

힘들게 맞서 싸운 끝에

깡그리 없애버리고는

지쳐서 쉰다.

하나의 완벽한 영감이 나를

어디론가
데려가주길
바라며.

높은 이상

올해

한번
들어서면
되돌아갈 수
없고
빛과 어둠을
지나
오르막과 내리막
예상치 못한
반전과
충격적인
전개 끝에
우아하게
빠져나와
다음 해를
맞는다.

정물화 그리기

좋은 삶을 위한 재료는 모두 마련했으니

완벽하게
배치해보자.

일과 삶의 적절한
균형 찾기.

충분히 휴식하기.

한 걸음 한 걸음
신중히 살피기.

잠도 적당히
잘 자기.

안정적인 일자리 구하기.

통근 거리는 짧으면 좋고.

왠지 모를 불안감은
접어두기.

드디어 준비가
된 듯하니

불가능한 염원을
한데 모아

나만의 걸작을 살아가야지.

다시 해보자

다시 즐기고	다시 휴식하고	다시 충전하고
다시 작업하고	다시 상상하고	다시 창조하고
다시 생각하고	다시 연결하고	다시 공감하고
다시 짚어보고	다시 놓아주고	다시 반복하고

스포트라이트

스포라이트를
받게 되면

어딘가 불편해진다.

긴장을 풀려고도 해보고

그럴듯하게
연기도 해보지만

때로는 숨고 싶고

눈부신 조명에서 벗어나고 싶다.

그러면서도 다시 끌려든다.

그렇다면 한 걸음
비켜서자.

관객들
위 높디높은
곳에서

내게 알맞은

불빛을 찾자.

아침 글쓰기

생각을 글로 적기가 어려워.
내 감정은 너무 차갑거나
너무 뜨거워.
아이디어가 방울방울 떨어지다가
넘쳐흐르는 바람에
결국 지쳐버려.
하지만 마음을 편안히 놓으면
상상력이 깨어나면서
꿈도 꾸지 못했던 세상 속으로.

나는 웃기는 역할이다.

동시에 비극적인 인물이지.

혹평을 받았고

무대에 오르기 겁난다.

혼자선 못 하겠고

함께 어울리지도 못한다.

인정받고 싶어 안달하면서도

내 천재성만큼은 확신한다.

나는 생각한다 고로
나는 잠을 못 이룬다

한밤중의 생각들

처음엔 느리게 출발했다가
점점 속도가 붙더니
씽씽 내달린다.
덜컹거리는 선로 위에서
엇갈리고
되돌아가고
순식간에 배배 꼬여
절망의 악순환 속에 갇힌다.
한순간 멈췄다가
멈추기는커녕
거듭하면 할수록
폭주하는 생각들.

의식의 흐름

더 깊은 사람이 되어

감정의 격류를
다스리고 싶다.

불안의 가뭄을 견뎌내고 싶다.

기억의 잔해를
추스르고 싶다.

그런데 다리를
놓으려 하면
내 발을 묶고 마는 자의식.

불면

내 침대는 한 척의 배.
밤바다 위를 떠돈다.
나는 파도에 뒤척이며
컴컴한 심연을 응시한다.
내 걱정거리를 헤아리고
온 세상 걱정거리도 헤아린다.
오래된 두려움을 불러내고
새로운 두려움도 끄집어낸다.
앞날을 골똘히 생각하며
거대한 불확실성을 마주한다.
그러다 난파되려는 순간…
아침의 해변에 떠밀려 온다.

버거움

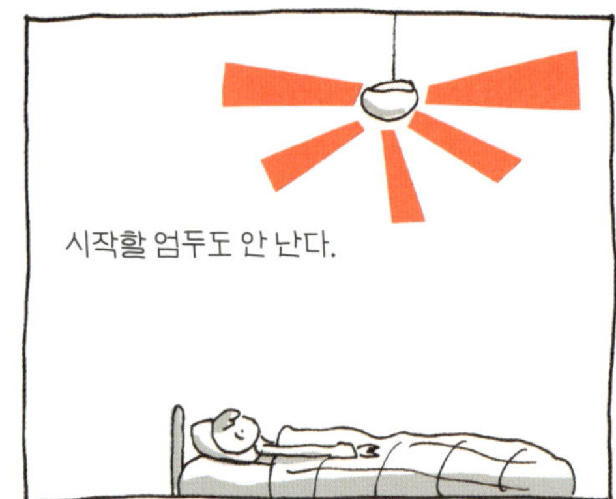

순조롭게 해나가다도
금세 한눈을 판다.
의무로 빼곡한 숲속에서
길을 잃고 헤맨다.
모든 일을 해내진 못해도
뭐든 하나는 골인하겠지.

철학

인생은 반쯤 차 있다.

인생은 반쯤 비어 있다.

인생은 아름답지만

오래가지 않는다.

인생은 반전의 연속이다.

긴장감이
차오르고

너무 많은 일이
한꺼번에 닥친다.

인생은 덫이고

부질없는 경주고

산산조각 난 잔해다.

희망이 아주 없는 건 아니지만.

좁아짐
내 사고의 폭이 좁아지는 걸 막을 수는 없을까?

쉼 없이 나아가는 시간 속에서

모든 가능성은 서서히 쪼그라드는 걸까?

아니! 그 한계를 온몸으로 거부하겠어.

자기 의심

밀어내보지만

계속 생겨난다.

사시사철
떠나지 않고

출

입

머릿속에
눌러앉아 있으니

잠도 잘 안 오고

꿈자리도
뒤숭숭하다.

앞으로도
영원히
이어질까?

아니면
의심을 딛고

새 길을 낼
수 있을까?

더 많이

이제야 시간이 넉넉하다.

가진 것도 충분하다.

잠도 충분하다.

먹을 것도 충분하다.

그런데 이보다 더 많으면…

더 좋지 않을까?

충분한 줄 알면서도
끝없이 좇다가…

결국 과욕임을 깨닫는다.

구 멍

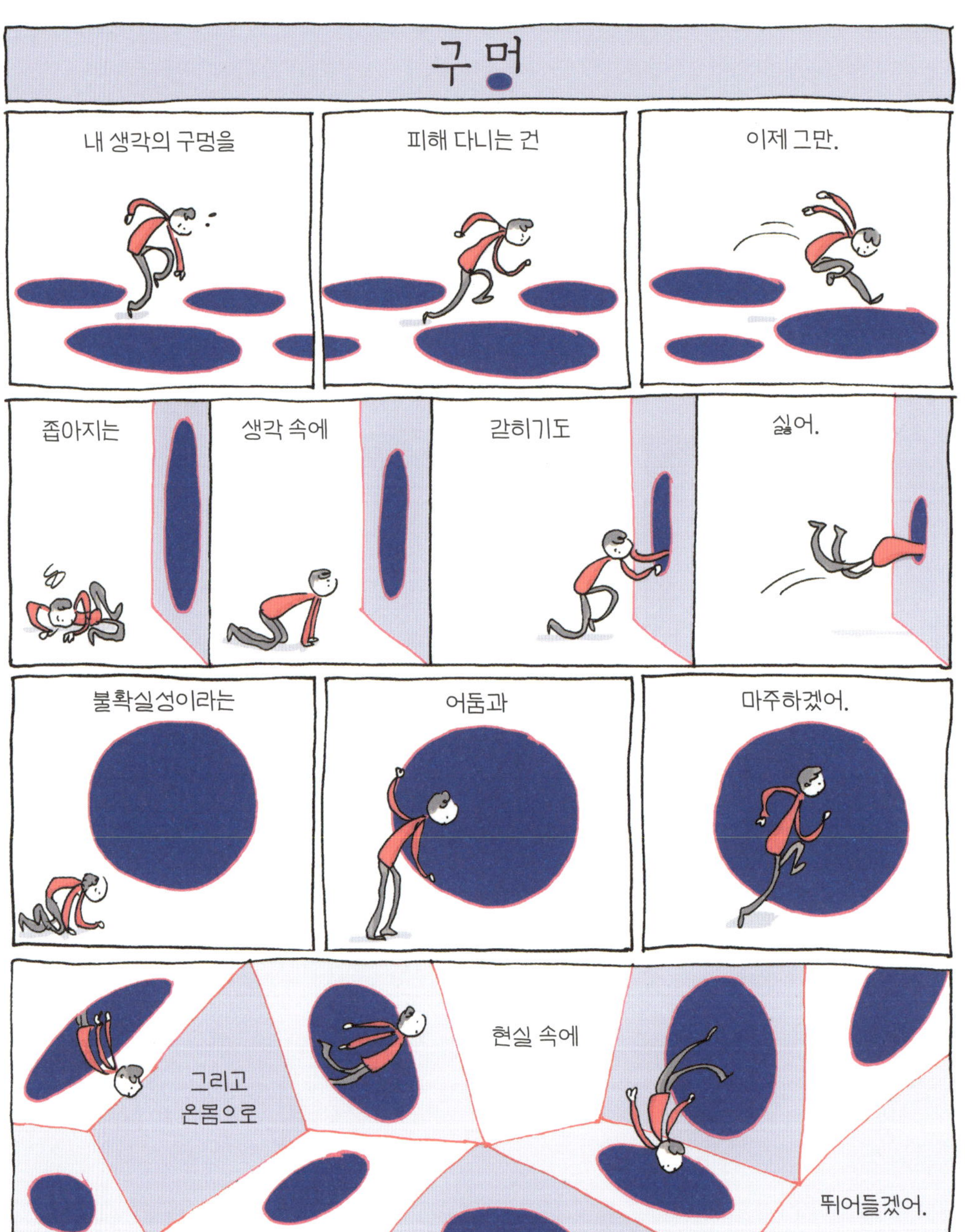

내 생각의 구멍을
피해 다니는 건
이제 그만.
좁아지는
생각 속에
갇히기도
싫어.
불확실성이라는
어둠과
마주하겠어.
그리고 온몸으로
현실 속에
뛰어들겠어.

되풀이되는 꿈속의 집

왠지 낯설지 않은 느낌…
끝없이 이어지는 복도
나선형 계단
으스스한 응접실
어릴 적 내 방
광란의 파티
빠져나갈 길이 도무지 보이지 않는 그 순간
잠에서 깬다.

유한성

(브리짓 라일리의 작품에서 아이디어를 얻음)

나는 생각한다 고로
나는 꿈꾼다

야상곡

불이 꺼지고

잠이 찾아오면

창이 열리고

꿈이 흘러든다.

자라나는 꿈

피어나는 꿈

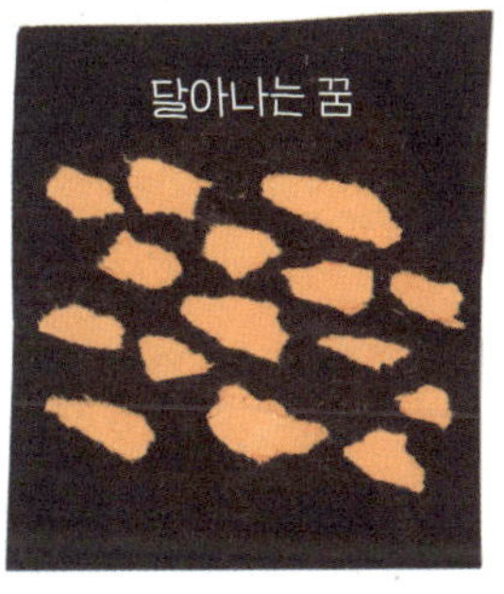
달아나는 꿈

추락하는 꿈

텅 빈 꿈

그토록
선명했던
모습이

눈 뜨는 순간 흩어지고

실낱같은 조각만
남는다.

동화

(얀 피엔코프스키의 작품에서 아이디어를 얻음)

상승

잔뜩 흐린 날
나는 떠오른다.
구름 속에 스며들어
빛과 안개의 세상으로.
익숙한 곳에서
멀리 떠나듯
일상의 나를 벗어날 수 있으리란 희망으로.

노을의 변주

모든 노을을 모아
화첩을
만들어볼까.
맑게 번지는
주황빛.
케이크처럼 겹겹이
쌓인 분홍빛.
유화처럼 톡톡
찍어 바른 구름.
가지 사이를 수놓는
푸르고 붉은 빛.
작은 종이에
하루의 마지막
빛을 담아두면
어둠 속에서도
환히 빛나겠지.

질서
도시를 이루는
거친 직선과
각진 모서리.
찾아보기
힘든
자연의 곡선과
뒤얽힘.
하지만
질서
너머로
눈을 돌리면
탁 트인 하늘이.

새해 결심

묵은해는 떠나보내고
새로운 결심을 맞이할 시간이다.
옛 책을 읽고
옛 철학을 탐구하리라.
옛 요리법을 해석하고
옛 사랑을 껴안고
옛 음반을 틀고
옛 춤을 추리라.
B-52's
뒤엉킨 마음 춤으로 날려버려
옛 친구를 만나고
옛 추억을 곱씹고
올드 패션드 칵테일을 마시고
올드 랭 사인을 부르고
옛 가지 밑에서
새 꿈을 꾸리라.
묵은 삶이
새롭게 느껴질 때까지.

그림자 지우기

아무리 빛을 좇아도

어둠은 늘 따라온다.

그럼 이렇게 해볼까.

마침내 자유다!

그런데 왠지 모르게…

허전하다.

어쩌면 어둠이란

내게 필요한 부분인지도.

중년

어두운 숲속을 헤맸다.

빠져나올 길이 없었다.

그 자리에 집을 지었다.

외로웠다.

그래서
파티를 열었다.

공허감

(조르조 데 키리코의 작품에서 아이디어를 얻음)

블랙박스

내 마음을 잘 이해하려면

안을 들여다봐야 해.

마땅한 연장만 있으면 좋을 텐데.

요리조리 틈을 찾아봐도

꼭 막혀 있어.

억지로 뜯어보려 해도

말짱 허사야.

내 마음을 열어볼 수만 있다면

잊지 마

넌 우주의 중심이 아니야.
눈부시게 빛나는 별도 아니야.
지도 위 어딘가에 찍힌 점일 뿐이야.
푸르고 넓은 행성 한구석
인적 드문 고속도로 옆
버려진 주유소 근처에
전화 부스 하나가 덩그러니 서서
기다리고 있는 곳.
어쩐 일인지, 신기하게도
전화가 울리기 시작해.
넌 여기에 있어.
그러니 받아.

나는 생각한다 고로
나는 존재한다

산만함에 대처하는 방법

단 한 가지에만
온전히 집중한다.
수프를 끓인다.
눈 쌓인 길을 치운다.
종이를 오린다.
손 편지를 부친다.
숲속을 달린다.
꽃을 바라본다.
짧은 시를 쓴다.
새를 흉내 낸다.
창문을 닦는다.
구름을 따라간다.
단편소설을 읽는다.
비를 쫄딱 맞는다.
나의 세상을
엉뚱하고 경이로운 것으로 가득 채운다.

맥시멀리즘

전부 갖고 싶어.
가장 밝은 하늘.
가장 넓은 들판.
가장 험난한 길.
가장 묵직한 열매.
가장 큰 물보라.
가장 높은 언덕.
가장 많은 구름.
가장 깊은 생각.
가장 거대한 새 떼.
가장 멋진 하루.
가장 긴 밤.

나라는 환상

나는 나를 감추는 허울.

온종일 머릿속에
들어앉은 존재.

내가 방어하려 애쓰는 성.

고난이 닥치면 기대는 언덕.

무너지지 않게 붙드는 기둥.

평생 벗지 못하는 짐.

하지만 내가
작게 느껴지고

경외감에 휩싸여
잊힐 때면

문득 의아해진다.

나는
누구지?

잠시 안내 말씀 드립니다

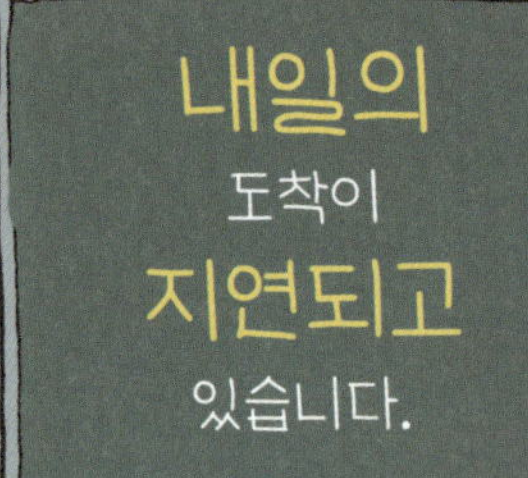

그러니

기다리지 마십시오.

마냥 앉아 상황이 달라지기만을 바라시겠습니까.

너 자신을 알라

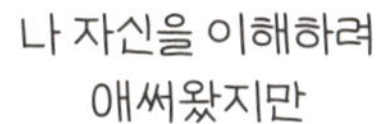
나 자신을 이해하려
애써왔지만

모든 깨달음은

고통스럽기만 하다.

다양한 각도에서 들여다봐도

뭔가를 놓치고 있는 느낌이다.

때로는 의문이 든다.

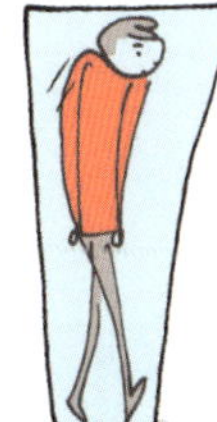

진정한 나는 과연 하나뿐일까?

있는 그대로 볼
방법이 있을까.

한없이 복잡한 내 모습을.

모든 것

행복해지려면 필요한 건?

모든 것.

그 모든 것의 균형을
유지하기란 쉽지 않다.

아무리 열심히 해봐도

마음에 차지 않는다.

남들은 행복해 보인다.

욕구를 비웠다가도

다시 쫓아다닌다.

마침내 원하는 걸 손에 넣어도

기쁨은 잠시뿐이다.

행복해지는 데 필요한
모든 것은

이미 내게 있을지도.

찾아보기

나는 과하게 생각한다

9 · 생각이 과하게 많은 사람의 알파벳
10 · 기다림
11 · 생각의 핀볼
12 · 시간에 관하여
14 · 생각의 지도
15 · 생각에서 벗어나기
16 · 갈림길
17 · 분열
18 · 생각에 빠져들다

나는 느낀다

21 · 복잡한 감정
22 · 영구 감정 기관
23 · 정체성의 집
24 · 희열을 좇아서
26 · 할 일 목록
27 · 이날 하루는 일부러 비워두었습니다
28 · 오늘을 착즙하라
30 · 정리정돈
31 · 벽
32 · 고요를 찾아서
33 · 행복
34 · 무기력의 집
35 · 다리
36 · 원으로 살아가기
37 · 삼각형으로 살아가기
38 · 사각형으로 살아가기
39 · 감정 테트리스

나는 갈구한다

41 · 등산
42 · 외줄타기
43 · 더 높은 뜻
44 · 좌절의 질주
46 · 노력
47 · 이상주의
48 · 맨발
49 · 헛된 시도
50 · 성공
52 · 시시포스의 휴식
53 · 지루함의 구덩이
54 · 수선의 명수
55 · 꿈을 좇는 사람
56 · 장애물
57 · 소원 빌기
58 · 작아진 나

나는 불가능한 것을 상상한다

61 · 착각
62 · 매치 포인트
63 · 해체
64 · 다른 세계
66 · 질문 던지기
68 · 버킷 리스트
69 · 시간은 흐른다
70 · 자유의지
71 · 현실

나는 생각한다 고로…

73 · 멍한 하루
74 · 인생의 선
76 · 싱크 탱크
77 · 지루함
78 · 완벽주의
79 · 잡초 뽑기
80 · 균형 잡기
81 · 자전거 타기
82 · 고독

나는 창조한다

85 · 자의식
86 · 흐름에 몸을 싣고
87 · 영감
88 · 높은 이상
89 · 올해
90 · 정물화 그리기
92 · 다시 해보자
93 · 스포트라이트
94 · 아침 글쓰기
95 · 무대

나는 잠을 못 이룬다

97 · 한밤중의 생각들
98 · 의식의 흐름
99 · 불면
100 · 버거움
102 · 철학
103 · 좁아짐
104 · 자기 의심
105 · 더 많이
106 · 구멍
107 · 되풀이되는 꿈속의 집
108 · 유한성

나는 꿈꾼다

111 · 야상곡
112 · 동화
114 · 상승
115 · 노을의 변주
116 · 질서
117 · 새해 결심
118 · 그림자 지우기
119 · 중년
120 · 공허감
122 · 블랙박스
123 · 잊지 마

나는 존재한다

125 · 산만함에 대처하는 방법
126 · 맥시멀리즘
127 · 나라는 환상
128 · 잠시 안내 말씀 드립니다
129 · 너 자신을 알라
130 · 모든 것

이 책을 보고 가장 먼저 든 생각을 말해볼까? '아, 내가 이런 책을 썼어야 하는데.' 질투 날 만큼 좋다. 작가가 내 머릿속에 다녀간 적 있나 싶을 만큼 나랑 똑같은 생각을 해서 놀랍다.

어릴 때부터 "넌 생각이 너무 많아서 문제야"라든가 "쓸데없는 생각 하지 마"라는 핀잔을 많이 들은 사람이라면 책장을 넘길 때마다 고개를 연신 끄덕이게 될 것이다. 그랜트 스나이더는 보통 사람이라면 대수롭지 않게 지나칠 아주 작은 아이디어도 놓치지 않고 끊임없이 생각을 이어나간다. 복잡한 생각의 파편들을 퍼즐처럼 모으고 누구든지 공감할 수 있도록 한 컷에 담아낸다.

이 책은 꼭 첫 장부터 차근히 읽지 않아도 된다. 그날그날 마음에 드는 페이지를 펼쳐 한두 장만 읽어도 충분하다. 스나이더의 과도한 생각들은 놀라운 사고의 전환을 일으키고 그만큼 전염력이 있어 어느새 보는 사람도 생각이 많아질 것이다. 그리고 함께 끄적거리고 싶어질 것이다!

이다 작가 · 일러스트레이터

생각이 많아 불편한 삶은 늘 나만 겪고 있다고 믿었다. 이 복잡하고도 너저분한 감정은 꺼내놓기는 번거롭고 설명하기도 어려웠기에 누군가에게 제대로 말해본 적 없었다. 어쩌면 이 삶을 혼자 감내한다고 느낀 탓일까? 은연중 항상 외로웠다. 그래서 이 책에 그려진 감정의 섬세한 결이 깊게 와닿았다. 안정적인 것은 지루해, 완벽해지기는 어려워, 생각을 포기할 수는 없어. 그가 말하는 감정들이 누군가에겐 터무니없어 보일 수 있지만, 나처럼 생각이 많은 이들이라면 '내 마음을 들여다봤나?' 싶을 정도로 정확한 묘사에 깜짝 놀랄 것이다. 그랜트 스나이더는 복잡한 생각과 감정을 알록달록하고 감각적인 만화로 풀어냈다. 내 마음의 모양이 이런 것이라면, 이제는 나도 스스로를 사랑할 수 있겠다는 생각이 든다.

이연 작가 · 크리에이터

지은이 **그랜트 스나이더** Grant Snider

낮에는 치과 의사, 밤에는 일러스트레이터로 일하고 있다. 《뉴욕 타임스》에 만화를 연재하면서 이름을 알리고 2013년 카툰 어워드에서 '최고의 미국 만화상'을 수상했다. 새로운 아이디어를 찾아 헤맨 나날을 촘촘히 그려 넣은 『천재가 어딨어?』로 베스트셀러 작가의 반열에 올랐다. 독서가의 마음을 담아 쓴 『책 좀 빌려줄래?』는 전 세계 책덕후들에게 열렬한 사랑을 받았다. 그 외에도 『봄 여름 가을 겨울, 시와 함께』, 『샤워를 아주아주 오래하자』, 『밤이 그리는 색깔』, 『아침이 들려주는 소리』 등 국내에도 많은 책이 소개되었다.

옮긴이 **홍한결**

서울대학교 화학공학과와 한국외국어대학교 통번역대학원에서 공부하고 번역가로 일하고 있다. 쉽게 읽히고 오래 두고 볼 책을 만들고 싶어 한다. 옮긴 책으로 『책 좀 빌려줄래?』, 『샤워를 아주아주 오래 하자』, 『파도관찰자를 위한 가이드』, 『모든 것은 예측 가능하다』, 『썰의 흑역사』, 『진실의 흑역사』, 『인간의 흑역사』 등이 있다.

일상 속 기쁨을 발견하는
그랜트 스나이더의 카툰 에세이

세상의 모든 데카르트를 위한 책

나는 생각한다 고로 과하게 생각한다

펴낸날 초판 1쇄 2026년 1월 26일

지은이 그랜트 스나이더

옮긴이 홍한결

펴낸이 이주애, 홍영완

편집장 최혜리

편집2팀 최서영, 홍은비

편집 박효주, 강민우, 안형욱, 김혜원, 송현근

윌북주니어 도건홍, 한수정, 이은일

윌북에듀 윤미영

디자인 박소현, 윤소정, 박정원, 이찬형, 이현진

홍보마케팅 김준영, 김태윤, 백지혜, 박영채

콘텐츠 양혜영, 이태은, 조유진

해외기획 정수림

경영지원 박소현

펴낸곳 ㈜윌북 **출판등록** 제2006-000017호

주소 서울특별시 마포구 동교로 19길 28 (서교동 448-9)

전화 02-323-3777 **팩스** 02-323-3778 **홈페이지** willbookspub.com

블로그 blog.naver.com/willbooks **트위터** @onwillbooks **인스타그램** @willbooks_pub

ISBN 979-11-5581-887-9 (03840)

☛ 책값은 뒤표지에 있습니다.

☛ 잘못 만들어진 책은 구매하신 서점에서 바꿔드립니다.

☛ 이 책의 내용은 저작권자의 허락 없이 AI 트레이닝에 사용할 수 없습니다.